Manhã do Brasil

Luis Alberto Brandão

Manhã do Brasil

romance em 75 quadros

Luis Alberto Brandão

editora scipione

Este livro é dedicado a Luiz Bonfá.
Sugere-se que seja lido ao som de sua música,
especialmente *Manhã de Carnaval*, executada
pelo violão de Bonfá e o *flugelhorn* de
Márcio Montarroyos no disco *The Bonfá Magic*.

O autor agradece a generosa atenção dos
primeiros leitores: Horácio Costa, Maria Esther
Maciel, Milton Hatoum, Ronaldo Gouvêa,
Sérgio Sant´Anna e Walter Costa.

Apresentação

Guiomar de Grammont

Manhã do Brasil é apresentado como "romance em 75 quadros", mas também pode ser lido como um poema em prosa. O autor revela um domínio impressionante da escrita, tanto na técnica, quanto na riqueza do vocabulário poético. O texto é musical, cada frase produz efeitos de uma sonoridade delicada e harmônica. As palavras continuam a reverberar nos ouvidos após a leitura. Como o espetáculo do nascimento do dia, o texto se desenvolve como uma sinfonia que acaba por alcançar o clímax. A história parece a descrição de um balé, em que os protagonistas contracenam, primeiro entre si, depois com o narrador. As expressões evoluem em elipses suaves, como passos de dança: "Em todas as cenas do dia que quase amanhece há tendência ao movimento. O que está parado quer se mexer, se arrebatar pela paixão de transpor distâncias. Os rumos estão por conhecer, as velocidades por experimentar." E o mestre a conduzir essa dança é o olhar do leitor: "... tudo é uma extensão com enormes vazios por onde se circula sem obstáculos, onde os pontos de referência somos nós que inventamos. Tudo está por viver. Um vento forte sopra sem parar. Sustenta nas alturas o voo ligeiro dos tapetes mágicos."

Os protagonistas são descritos como deuses de bronze: jovens e belos. A analogia mais próxima é com *Orfeu do Carnaval*, filme de 1959, dirigido por Marcel Camus, que mostra uma história de amor inspirada na tragédia grega, tendo como pano de fundo um Brasil estilizado. Popular, porém anterior à barbárie a que chegaram as favelas das grandes cidades. Como nos cenários dos filmes antigos, a casa é "sobrado", o morro é o descortinar de uma paisagem. Os eufemismos "moreno" e "morena", em substituição a "mulato" e "mulata", parecem antes buscar leveza do que curvar-se ao estereótipo. Como se até a descrição dos personagens tivesse que ser sutilizada. É a imagem idealizada de um Brasil que não existe, o que poderia ser, não o que é. É como se o país fosse entrevisto por um olhar estrangeiro, fascinado e intenso, repleto do desejo de compreender e se mesclar às emoções que apenas vislumbra. Mesmo quando o texto permite entrever alguma tensão ou conflito, a tendência é a diluição dessas rusgas para recuperar a atmosfera poética. Como lufadas de vento sobre o mar, esses lampejos de discórdia não chegam a romper a placidez das águas, em que, não obstante, se advinha uma vitalidade contida. São apenas acordes dissonantes que não quebram a sinfonia harmoniosa, antes a compõem.

Além do domínio da forma, aliado à força da linguagem poética, uma das mais importantes características estilísticas de Luis Alberto Brandão é a presença do narrador no texto, quase como um protagonista, interagindo com seus personagens, como se quase fizesse amor com eles: "Sim, o moreno e a morena estão disponíveis para nós. Isso faz com que os desejemos mais, loucamente, e tentemos provar que nossa entrega é total. Por esse motivo não os tocamos..." No jogo entre a entrega e a distância de observador, o narrador decide deixá-los: "Nosso desejo quer que eles se queiram. Por isso nos afastamos. Deixamos que sigam sua história. Que prossigam livres de nós, ainda que só um pouco, pois pretendemos que a distância seja apenas outra forma de estarmos perto."

A matéria da criação se desnuda e a construção estilizada se enriquece quando é dado ao leitor o conhecimento desta metanarrativa. O texto se ilumina repentinamente, a manhã se descortina através desse encontro de mãos dadas entre o autor e seus personagens. O leitor é convidado a integrar esse círculo, tornando-o inteiro. Só assim a *Manhã do Brasil* pode acontecer plenamente.

GUIOMAR DE GRAMMONT é doutora em Literatura Brasileira pela USP, escritora e dramaturga. Premiada com a Bolsa Vitae e o Casa de las Américas, publicou diversos livros, entre eles, *Sudário* (Ateliê) e *Aleijadinho e o aeroplano: paraíso barroco e a construção do herói colonial* (Civilização Brasileira).

Amanhece

Princípio 1

É possível saber em que instante começa? O comecinho mesmo, o momento inaugural? Ainda é noite fechada. Nenhum sinal, ameaça nenhuma. Então aguardamos, acompanhamos o desenrolar da madrugada. A espera é longa. Só aos poucos vai se fortalecendo o pressentimento de que a aurora finalmente está para se anunciar. A sensação é cada vez mais intensa, palpável. Tentamos nos manter alertas, mas os sentidos vão se entorpecendo. A ansiedade aumenta. Lutamos para não perder a concentração. Entretanto, por uma fração de segundo ficamos entregues ao embalo do que queríamos observar. Nesse lapso de distração, nesse intervalo mínimo, é que os primeiros indícios de luz se revelam. Não conseguimos, assim, demarcar o princípio da manhã, o momento exato em que nossa história deve começar. Parece que no crepúsculo o tempo suspende a si. Quando identificamos a alvorada, sua manifestação primeira já se tornou mistério.

Céu aberto 2

Em que instante começa a manhã? Quando se dá a chegada do dia? Insistimos na pergunta, mas só podemos descrever suposições, inventar respostas. A primeira coisa é a vibração, pura, como se o próprio breu pulsasse. Partículas se movem no ar. O escuro vai se tornando poroso. O invisível ganha textura, parece separar-se em camadas, desdobrar-se. Nas trevas há alguma palidez? Forma-se uma névoa de diferentes tons e espessuras. Uma onda morna e densa traz, por efeito contrário, promessa de leveza e frescor. A claridade já se insinua? A escuridão resiste, mas cede. Sentimos que, mesmo oculta, há uma fonte luminosa em ação. O que era apenas possibilidade está prestes a se concretizar. Não é mais lenda que existe um Sol. A claridade vai se firmando. O céu começa a se abrir. A abrir um vagaroso leque de cores.

Luz 3

Sim: luz. Aí está, revelando-se mansamente, rindo do nosso espanto, zombando da nossa vontade de entender seu nascimento. Sim, a luz demonstra seu poder de modo suave. Inicialmente é branda para não assustar, a nós que varamos a noite à sua espera e agora a contemplamos anestesiados, como a uma alucinação. Quer nos recompensar, com sua delicadeza, pela vigília inútil. Eis a luz, triunfando. E o triunfo se deixa confundir com um evento banal. Como se o espetáculo fosse simples, e não grandioso. Porém, sem sombra de dúvida, ela impera. Mas é amável conosco, não se importa que tentemos desvendar seu segredo. Com paciência nos atura. E enfeitiça. A nós, que a amamos tanto.

História de um encontro 4

Com essa luz começa nossa história. E é também essa luz que invocamos para nossas palavras. Esta é a história de um encontro, da aproximação entre dois corpos. É a história da centelha que se produz quando esses corpos, imantados, se tocam. Nossas palavras querem mostrar que a centelha, no momento efêmero de sua manifestação, parece eterna, assim como a manhã, quando se anuncia, parece imune ao risco de se dissipar na rotina do dia. Desejamos que nesta história as palavras, semelhantemente a corpos, atuem como ímãs. Que tenham a força de concentrar tempos, mover espaços, induzir sensações. Que disparem centelhas. Que, ao descreverem paisagens luminosas, gerem luz. Então, que nossas palavras, que contam a história de um encontro, sejam encontro.

O moreno 5

O dia raia macio. Com seu calor a luz provoca um movimento de massas de ar ascendentes e descendentes, ondas que se dispersam e se condensam. Na cadência inaugural do dia o moreno se insere com perfeição, como se seu corpo fosse puro ritmo. Em saltos curtos, começa a descer a escada do sobrado. O sabonete do banho recém-tomado deixa um rastro quase visível, quase um desenho do volume que passa. Os cabelos curtos, ainda úmidos, luzem com a brilhantina que em frente ao espelho ele passou devagar, manejando com destreza o pente *flamengo*, sempre no bolso traseiro da calça. Levantou a gola da camisa, dobrou as mangas para expor o muque e deixar livres os braços que balançam com o avanço dos pés. O moreno é um sólido sem peso, concretude que evapora, feixe de músculos ventilado a cada gesto. Ele se projeta sobre o espaço, matéria elástica que o acolhe, se abre à sua passagem. O espaço abraça-o sem reter seu impulso. Não são os degraus que definem seu tráfego, mas o vão livre, o túnel de ar que o conduzirá à rua.

A morena 6

No mesmo vão livre penetra, neste exato momento, como se obedecendo a uma coreografia, a morena. Ela venceu a noite trabalhando e está exausta. Os pés se arrastam sobre os ladrilhos. A pele opaca, coberta de suor e fumaça, contrasta com o brilho da manhã. O corpo se deixa desfalecer, como se perdesse densidade e se tornasse apenas um conjunto de linhas, que torneiam as coxas, afinam-se na cintura, expandem-se nos seios, contornam a face, se multiplicam e se soltam nos cabelos negros. A morena é um instrumento de cordas que se afrouxam, esgotadas. Sob a luz que incide na entrada do sobrado, vemos que a maquiagem se desmanchou, o rosto está sereno, purificado de cansaço, retrato dos pensamentos noturnos que vão se dissipando à medida que a claridade aumenta e ela sobe a escada.

Dentro e fora 7

Ele desce e ela sobe a escada do sobrado. O sono abandona o moreno e domina a morena. Fora do quarto, ele vai entrando em si. Chegando ao quarto, ela vai saindo de si. No corpo dele se concentra a energia que no corpo dela se esgota. A porta do sobrado ela abriu. Ele fechará. Para ela a cidade cerra as pálpebras. Para ele dilata as pupilas. No movimento veloz do moreno, lento da morena, o dentro e o fora se misturam: ela arrasta a rua até o sobrado; ele estende o quarto em direção à cidade. Com ela, algo da abertura noturna se introduz entre quatro paredes. Com ele, a noite dos lençóis vai se espalhar na amplidão do dia. A mesma luz sustenta, amigavelmente, quem dela se recolhe, quem a ela se lança. A morena se despede do mundo que o moreno cumprimenta. Os mesmos degraus acolhem: ele, que se acende; ela, que se apaga.

Clareira do desejo

Olhares 8

A morena e o moreno se aproximam. Estão prestes a atingir o mesmo ponto. Estão na mesma linha onde escurecer e clarear, ralentar e apressar, desfalecer e animar são ações que, em sentidos contrários, se equivalem. Os olhos dela se erguem, sustentando o peso do corpo. Os olhos dele antecipam a descida, dando leveza aos músculos. Finalmente os dois se veem. A partir de que instante? O que os olhos de ambos tateavam enquanto a morena vencia mais um degrau e o moreno se soltava escada abaixo? Não sabemos. Não sabemos como, mas é certo que, quando os campos de visão se cruzam, o olho se torna olhar, ímã que faz os corpos pararem e ao mesmo tempo os impulsiona com toda força.

Morenos e morenas 9

O olhar torna-se vários olhares. A morena e o moreno, diante do que veem, percebendo que são vistos, transformam-se em muitos morenos e morenas: o que quer parar, a que vai parar, o que é lento, a que parou, o que ficou estático, a que rompeu a inércia, o que se mexeu, a que se apressou, o que quer ser mais veloz, a que gostaria de se deslocar à velocidade da luz. Morenas e morenos se movem em várias direções, para longe, ao alto, à frente, para perto, pertíssimo, rente à membrana dos olhos dela, no interior dos olhos dele, dentro de um e de outro, ao fundo de ambos. Movem-se também para trás, voltando no tempo, de modo a saborear a iminência daquela cena em que os olhares se entrelaçam. Ali, ele e ela, fora de si de muitas formas, compartilham o máximo de si. No encontro dos olhares, há o desejo recíproco de ser a luz que os olhos do outro captam.

Coração 10

Inúmeros morenos e morenas gravitam em torno de um centro. É um ponto hipotético que abarca todos, torna o dentro e o fora reversíveis, junta os corpos à medida que se desdobram em outros corpos, parados e em movimento, defasados e em sintonia. Esse ponto pode ser chamado de *coração*. Surge no instante em que o moreno e a morena se veem, se entregam ao fluxo que difunde os olhares, que interliga os corpos enquanto os multiplica. *Coração* é uma espécie de prisma, o prisma móvel do que se pensa, se sente, se é. É adiantar-se a si e adiar-se de si. É o espaço onde os sujeitos podem, um pouco, deixar de ser. E começar a vibrar. *Coração* é o enlace de nossos moreno e morena.

Amar 11

Coração também define nosso vínculo com o moreno e a morena. Neste instante em que testemunhamos seu primeiro contato, descobrimos que os amamos, que neles se realiza o que entendemos por *amor*. Moreno e morena, suspensos na escada do sobrado, com seus corpos movidos pela força do encontro, são um espetáculo que se oferece a nossos olhos. Para contemplá-lo, entramos e saímos dos espaços, nos infiltramos sob o telhado, atravessamos paredes, percorremos vãos, ora nos detendo em minúcias, ora compondo uma imagem geral com a soma de vários ângulos de observação. Nossos olhos são hipotéticos, mas verdadeiros. São olhos de coração.

Promessas 12

A morena e o moreno se exibem a nossos olhos cordiais. São o que queremos que sejam. Mas queremos que nos surpreendam, nos impulsionem com o encanto de seus corpos jovens, com o frescor dos gestos, a índole generosa, o talento de se entregarem à nossa paixão de olhá-los. Eles se tornam nosso coração. Assim, ao acompanharmos seu encontro também participamos dele. Somos imersos na cena que mistura realidade e sonho, vertigem e paz, susto e prazer. Passamos a compartilhar de promessas que se cumprem e se renovam.

Detalhes 13

A faixa de sol recorta o ladrilho, destaca as manchas de umidade na parede, a madeira do corrimão. O moreno calça sapatos *vulcabras* de solas gastas. A morena usa sandálias de tiras amarradas nos tornozelos. O cabelo dele é cortado rente à nuca. Os lábios dela possuem tom de coral. Ele estufa o peito sob a camisa de náilon. Ela usa um corpete que modela a cintura. As sobrancelhas do moreno são arqueadas, lhe conferem um ar enigmático. Os olhos da morena são muito vivos, apesar do cansaço: faróis negros. A faixa de sol no vão do sobrado faz brilharem as maçanetas das portas dos quartos, o lustre do teto, as teias de aranha das quinas.

Cúmplices 14

De perto, muito perto, os vemos. Nosso coração possui terminações nervosas de alta sensibilidade. Temos a convicção de que poderíamos apalpá-los se quiséssemos, de que nem a morena nem o moreno resistiriam ao toque. Pelo contrário: se entregariam à nossa volúpia. Seriam cúmplices da vontade que temos de vasculhar seus corpos, de checar cada detalhe, testar o que nos seduz. Com plena confiança deixariam que investigássemos as artimanhas, inocentes ou não, que nos cativam. O poder de atração do moreno e da morena é proporcional à nossa dificuldade de compreender tal poder. No coração, há uma clareira onde o desejo dá saltos vitais.

Desejo **15**

Não tocar o moreno e a morena atiça a tentação de tocá-los. Já não dá para pressentir que os lábios dela se entreabrem para nos beijar, que a mão dele se estende para afagar nosso rosto? Não parece inegável que ela está pronta a nos enlaçar com as pernas, e que ele não disfarça o volume sob a calça? Sim, a morena e o moreno estão disponíveis para nós. Isso faz com que os desejemos mais, loucamente, e tentemos provar que nossa entrega é total. Por esse motivo não os tocamos, não neste instante, não logo agora que eles se encontram na escada do sobrado, que a troca de olhares talvez esteja prenunciando um sentimento novo. Nosso desejo quer que eles se queiram. Por isso nos afastamos. Deixamos que sigam sua história. Que prossigam livres de nós, ainda que só um pouco, pois pretendemos que a distância seja apenas outra forma de estarmos perto.

Cenas **16**

Quando os olhares do moreno e da morena se cruzam, também se cruzam as cenas que acabaram de viver. Ele desperta de um sono curto após a noite de farra. Ela chega do trabalho no primeiro bonde do dia.

Ela

A noite da morena 17

Ao sair da boate, a morena respira a brisa da madrugada a plenos pulmões, como se desenrolasse uma carta de alforria. Passou horas no ir e vir entre mesas, equilibrando copos, garrafas, pratos, talheres. Seus ouvidos ficaram fechados ao barulho do cubículo escuro, à música abafada pelas vozes dos bêbados, aos gracejos que é obrigada a responder com sorrisos. Agora ela tenta ouvir o sussurro da cidade semiadormecida. Ela havia cerrado os olhos à fumaça dos cigarros, à luz negra que torna os semblantes fantasmagóricos, aos vultos nos cantos. Agora ela quer ver as estrelas.

Sinais **18**

A morena caminha em direção à praia. A anestesia do trabalho na boate está passando. Seus sentidos começam a se abrir para a noite. Ela depura a atenção, se concentra em sinais mínimos, que só se revelam de modo sutil. As narinas detectam cheiros dispersos, que vêm em rápidas lufadas de jasmim, peixe, fumaça de automóvel, areia úmida, jaca madura, mariscos, madeira queimada. Nos sons do mar, um ouvido desatento reconhece apenas o estrondo da água e o borbulhar da espuma. Nos ouvidos da morena esses sons compõem misturas de ritmos e melodias: valsam e batucam, se estendem e se elevam, confessam e inventam segredos. Desalentam e animam.

Na areia 19

Descalça as sandálias e toca a areia fria com os pés. Deita-
-se, abre os braços, sente no rosto o orvalho, a brisa de sal
e vapor d'água. Os olhos se voltam para o alto, como naves
lançadas rumo às estrelas. O céu não tem lua, é o infinito
desenhado com minúsculos pontos de luz. A noite litorâ-
nea é mágica. Deitada no tapete de areia, a morena levita.
Quieta, ela flutua. O que jaz na praia é a sombra que seu
corpo suspenso projetaria se houvesse lua projetando sombras. Imóvel, a morena se embala. Seus sentidos se expõem
ao mar, ao céu, à terra, a tudo que se funde em tudo.

Estar 20

Ali na praia, no limiar de continente e oceano, a morena não apenas espera o bonde. Ali, sob e sobre as abóbadas do céu e da terra, ela vivencia o significado pleno da palavra *estar*. Sem nostalgia do que foi ou fantasia do que poderá ser, a morena deixa-se ficar no aqui e agora do que ela é. Mas a morena no presente, ser que se define pelo espaço que ocupa, é a passagem entre as muitas morenas que ela acreditou ser, deixou de ser, virá a ser, suporá ser, desistirá de ser. Nesse momento, *estar* é seu ato. Nele a morena se aconchega. Dele sua vida se alimenta.

Um passado **21**

A morena não sabe, mas alguém que faz parte de sua história já esteve no lugar onde agora ela está deitada. Foi justamente ali que há oito décadas sua bisavó se sentou. Fugia do cativeiro, desesperada porque seu companheiro fora despachado para longe, vendido a outro senhor. O mar, que ela via pela primeira vez, era um espelho escuro que não refletia nada, muito menos suas lágrimas, naquela noite também sem lua. "Como é que vou viver sem meu véio?", não se cansava de repetir. Gemia e soluçava como criança. Com medo de tudo, rezava e chorava. Não sabia o que fazer, para onde ir. Apenas adivinhava que a noite tranquila, a brisa mansa, aquele recanto deserto não lhe dariam proteção por muito tempo. Olhava as estrelas, procurando consolo. Mas sabia da dor que a esperava. Ficou assim, imóvel, como se a penumbra a hipnotizasse, até que as lágrimas secaram. Imaginou que algum dia estaria ali novamente. De novo se sentaria naquele lugar. Aos céus agradeceria o fim dos tormentos. Com o ânimo renovado levantou-se. Antes de seguir caminho, mirou uma última vez o espelho do mar quase invisível.

Delicadeza 22

A morena não sabe de nada disso, mas é provável que o fio dessa história antiga vibre de algum modo dentro dela. Por isso ela se sente tão bem ali, naquele lugar da praia, simplesmente deixando-se estar. Um sentimento de gratidão a acalenta. Como dádivas, ela percebe que estar ali é uma experiência cheia de sutilezas, que a paisagem aparentemente opaca possui brilho, que as formas de habitá-la são várias. A morena é envolvida pela sensação de apreender algo da delicadeza das coisas. A delicadeza é como uma tempestade ao contrário: é quando a quietude é capaz de ficar mais quieta. A delicadeza pulsa baixo, mas firme. Quanto menos perceptível, mais atuante.

O bonde 23

O primeiro bonde que vai para o subúrbio dobra a curva da rua da praia. A morena calça as sandálias. Levanta-se. Um último olhar se despede da paisagem que ela tornou sua.

Ele

O sonho do moreno 24

Enquanto isso, enquanto a morena caminha sobre a areia, observamos que também é de areia o cenário onde o moreno se encontra. Mas os grãos dessa areia são feitos da matéria do sono profundo. O moreno dorme em seu quarto no sobrado. Sob as pálpebras pesadamente fechadas só há imagens de um deserto. Ele corre atrás de alguém que aparece em lugares diferentes, às vezes próximo, às suas costas, mas desaparecendo quando ele se vira, às vezes à frente, mas muito longe. É alguém cujo rosto ele tenta em vão reconhecer. O sonho é uma espécie de continuação do que se passou com o moreno na visita ao morro naquela noite. Feitos de imagens fugidias, o sonho e a realidade da noite se confundem, assim como na cabeça entorpecida do moreno se misturam a cidade e o quarto, fantasia e verdade, espanto e delícia. De evidência concreta do que aconteceu só restou um objeto, cujo poder de inebriar continua agindo discretamente: no bolso da calça jogada sobre a cadeira, o lenço exala rastros do éter perfumado.

Batuque 25

Após o dia de andanças à procura de emprego ou algum bico, o moreno aceita o convite para um batuque. Enquanto a tarde vai caindo e colorindo as nuvens, ele vai subindo as vielas do morro, assoviando uma melodia qualquer, recortada pela trilha da passarada. O moreno se deixa mover pela paixão de subir, de viver nas alturas, perto do céu, pairando sobre os barracões, o mar, a cidade que não passa de um brinquedo com pisca-piscas se acendendo. Encontra os amigos, que já tocam animados, bebem, sorriem, sambam seguindo o ritmo dos instrumentos de percussão: surdos, latas, mesas, copos, tamborins, palmas, garfos, cuícas, pés, taróis, garrafas. Todo mundo canta a alegria de estar junto naquele camarote a céu aberto, mezanino da natureza, gigantes suspensos sobre a vida que circula lá embaixo. Num canto, a rinha de galos excita as torcidas.

Hoje **26**

O moreno sente a euforia da bebida especial: *coca-cola* e cachaça *tatuzinho*. Seus olhos não se despregam da mulata que dança sem parar sobre a mesa, senhora de si e da música que vibra em seu corpo. Os olhos do moreno faíscam. Na ginga da passista ele absorve o efeito das cordas dos violões e cavaquinhos vigorosamente arrebatadas pelos músicos. O moreno se encharca daquele som forte, do estouro dos fogos, dos gritos dos apostadores, do corpo da mulher, dos risos escancarados, do suor nos rostos dourados pelas lâmpadas fracas. Todos cantam abraçados. Os desconhecidos já são camaradas de longa data, porque a única data que importa é hoje.

Meia-máscara 27

Pensando no hoje, em nada, sequer pensando, o moreno vira mais um copo e começa a dançar. Alguém usando meia--máscara lhe acena, do outro lado do terreiro, com um cilindro metálico. O moreno vai em sua direção, atravessa a folia sacolejando. "Chega mais perto, rapaz", as palavras giram no labirinto do moreno, como se brotassem dos apitos, das batidas dos surdos, do arranhar das cordas, dos saltos da mulata sobre a mesa que trepida. A meia-máscara sorridente eletriza o moreno. Ele bamboleia de vertigem, gira já sem nenhum equilíbrio. Quando está para cair é segurado por mãos firmes. Dentes de marfim, lábios carnudos, bem próximos a seu rosto, sussurram: "Vamos voar, meu doce?"

Éter 28

O moreno nem tem tempo de hesitar, já se deixa conduzir pelo caminho que corta o mato até uma rocha que se projeta além da inclinação do morro. Ali, suspenso sobre o vazio invisível, tira o lenço do bolso e o estende ao cilindro de metal, cujo brilho também está no sorriso e nos olhos sob a meia-máscara, na purpurina que cobre as mãos que lhe acariciam o peito. A voz aflautada mas incisiva lhe pede: "Toque meu violão." O éter penetra nos pulmões, combustível inflamável que arrasta o moreno, como um *sputnik* louco, a um lugar que é lugar nenhum, paisagem deserta, praia de areias brancas e infinitas onde a brisa sopra no ouvido a fusão de todos os sons, na pele a soma de todos os toques. Nesse estado de entrega, de inocência elevada ao grau máximo, o moreno oscila entre a superfície branca e a escuridão das alturas, entre perfume e suor inebriantes. Sente as mãos que o tocam, o corpo que o abraça, o furor com que os corpos se reconhecem e se estranham, como se inúmeros corpos se enovelassem ali, misturando fendas e relevos, tornando-se um núcleo que se condensa até o completo desaparecimento. A orquestra dos corpos toca até esgotar a força de todos os instrumentos.

Um brasileiro dormindo 29

O moreno não sabe a que horas terminou a fuzarca no morro. Não sabe como chegou em seu quarto, tirou a roupa e se esticou na cama. Esse *não saber* é típico do moreno. A inocência o define. Ele possui enorme talento para atravessar situações confusas. Age de modo tão desarmado que elas parecem se resolver por si, ou com a ajuda de alguma força superior pródiga. É alta madrugada, e o moreno dorme. Continua a procurar em sonho o rosto que o magnetiza, mas que na praia deserta, nesse lugar fora do espaço, foge. A busca não é desesperada. Atordoante sim, pois é também um jogo, um desafio. Mas um jogo que não pode ser levado muito a sério. O semblante do moreno está tranquilo. Tudo em seu quarto – a janela aberta, o espelhinho e a imagem de São Judas Tadeu na parede, o varal improvisado, o armário com a roupa cuidadosamente dobrada – transpira benevolência. Nada em sua vida é capaz de ameaçar o amor por seu jeito de vivê-la. O moreno é só um brasileiro dormindo. Alguém que ao fechar os olhos não tem receio de se entregar ao sono.

Um futuro 30

O sono do moreno talvez não fosse tão calmo se ele recebesse imagens do futuro. Ele sequer pode supor que naquela cama, mas num colchão puído, naquele quarto, cujos vidros da janela estarão quebrados, cujas paredes estarão cobertas de mofo, naquele piso, que estará cheio de lixo, naquele sobrado, que estará em ruínas, naquele subúrbio, que se tornará um dos infernos da cidade, naquele mesmo ponto do universo, mas após quarenta anos, um garoto também corre à deriva por praias desertas. Sob efeito do *crack* que ele fuma há noites e dias seguidos, encontra no cenário de sonho a claridade que não reconhece no mundo real. Os momentos de vigília são para ele intervalos insuportáveis. O moreno não imagina que o garoto de quatorze anos talvez seja seu neto. Não pode compreender que talvez o garoto esteja buscando nas areias brancas a inocência perdida.

Nossos olhos

Ela e ele **31**

O moreno dorme a sono solto. Enquanto isso, a morena se ajeita no bonde ainda vazio. Ele vira-se na cama. Ela começa a cochilar. O moreno tem um acesso de espirros. Enquanto isso, a morena se assusta com o arranco do bonde. Ele se enrosca no lençol. Ela volta ao cochilo. O moreno se embala de novo na amplidão branca do sonho. Enquanto isso, o bonde que leva a morena vai atravessando a cidade.

Enquanto isso 32

A expressão *enquanto isso* alterna imagens diante de nossos olhos. Com essas duas palavras vamos de um ponto a outro, da orla ao subúrbio, do bonde ao quarto, da morena ao moreno, e em seguida fazemos o percurso inverso. É uma espécie de fórmula mágica, pois o que se reveza também é simultâneo. As imagens são vistas ao mesmo tempo: ela, no bonde, ouve o sino da carrocinha do leite; ele, na cama, coça a cabeça que no sonho alguém afaga; ambos transitam por diferentes regiões do sono. A morena e o moreno, apesar de distantes, estão juntos no olhar que os acompanha. Por meio do *enquanto isso*, o que separa tem poder de unir. O espaço salta livremente sobre o tempo.

Lugares 33

Movida por nossa vontade, a fórmula nos conduz a qualquer lugar. Com ela incluímos outros elementos no campo de observação formado por dois eixos: o moreno (que acaba de se virar de bruços na cama) e a morena (que no bonde cochila com a cabeça encostada no ombro a seu lado). Sem tirar os olhos deles, sem nos distrair, penetramos na janela aberta de um prédio de luxo, onde uma mulher que passou a noite em claro ouve o chiado da agulha no final do disco, girando indefinidamente na vitrola. Avistamos um barco ao longe, na linha do mar, com três pescadores que dão por terminada a pescaria e planejam chegar à terra junto com a luz do sol. Ouvimos a conversa das faxineiras que iniciam turno no hospital do Centro, onde também presenciamos, em um leito da enfermaria, o último suspiro de um desenganado. Acompanhamos a garotinha que corre até um banco da praça abandonada e recebe um tapa do pai bêbado, que lhe arranca das mãos a penca de bananas que ela roubou da feira ambulante que está sendo armada na travessa estreita.

Distâncias 34

Podemos ver mais. Muito mais. Podemos ir longe, até a borda da enseada, onde instalaram o primeiro neon da cidade, ainda aceso, ou até a periferia, admirar o alinhamento das casas de um novo conjunto habitacional. Podemos ir mais longe, fora do perímetro urbano, observar o movimento das dunas, ou rumo à serra, bisbilhotar o que se passa em alguma choupana. Podemos ir bem mais longe, contemplar um cajueiro cheio de frutos, crianças brincando nas tábuas das palafitas, o arranha-céu envidraçado que espelha a metrópole, o pai pedalando a bicicleta na estrada poeirenta, com o filhinho na garupa, o lençol verde da selva, trabalhadores escavando uma mina, um cavalo disparado nos pampas, a lavadeira com a trouxa de roupa na cabeça, se equilibrando nos pés de moleque, uma cidade que parece miragem, com palácios esvoaçantes. Podemos vencer qualquer distância porque nada é longe. Quando o tempo não se impõe, todos os espaços são vizinhos. São o mesmo espaço.

Deslocamentos 35

Enquanto o moreno começa a ouvir de dentro do sono as batidas na porta do quarto, enquanto a morena se impacienta com a lentidão do bonde que agora está cheio, nossos olhos continuam a se deslocar. Podemos seguir a trajetória de outros bondes que riscam a cidade, ou dos lotações que já rosnam nas avenidas. Se preferirmos, podemos montar na garupa de uma lambreta ou desfilar em um *cadillac* rabo de peixe com pneus de banda branca. Se quisermos mais aventura, podemos nos perfilar ao avião da *Panair* que se prepara para a decolagem, ou reconhecer o submarino atômico que navega a muitas milhas da costa, ou tentar decifrar rastros de algum disco voador. Podemos também, e esta é uma opção irresistível, prestar atenção nos milhares de aparelhos de rádio que neste segundo são ligados, e observar que os ouvintes se embalam nas canções como se elas tivessem asas e os transportassem a lugares muito especiais.

Voo **36**

Em todas as cenas do dia que quase amanhece há tendência ao movimento. O que está parado quer se mexer, se arrebatar pela paixão de transpor distâncias. Os rumos estão por conhecer, as velocidades por experimentar. Os espaços abertos convidam ao deslocamento. A cidade, o campo, a montanha, o litoral, a mata, o céu, tudo é uma extensão com enormes vazios por onde se circula sem obstáculos, onde os pontos de referência somos nós que inventamos. Tudo está por viver. Um vento forte sopra sem parar. Sustenta nas alturas o voo ligeiro dos tapetes mágicos.

Dúvida **37**

Do tapete voador podemos decidir o que ver. Com olhos livres escolhemos as imagens. Preferimos cenas inspiradoras, que fazem crer que nosso jeito de olhar é generoso. Conflitos e desajustes são deixados em segundo plano porque não aceitamos que sejam profundos. Não damos importância ao fato de que, nos espaços vazios, tudo está por se equilibrar. Essa leviandade é um dom? Ou é terrivelmente injusta? Amar a beleza nos faz dar as costas ao que é feio? A dúvida faz parte de nós. Incomoda, insiste sem solução. Mas agora sentimos que falta pouco para amanhecer. À nossa revelia ou, pelo contrário, atendendo à força que nos define, somos lançados a um estado de contemplação que dissipa as dúvidas. Esquecemos o cansaço. O sofrimento se distrai. O pranto ganha trégua. A ferida para de doer.

Encontro das mãos

À espera 38

Antes que as batidas na porta chamem o moreno, que só acordará depois do *sonrisal* e do banho gelado, antes que a morena desça do bonde e atravesse as três quadras até sua rua, devemos nos posicionar junto à escada do sobrado. Não podemos perder os detalhes desse primeiro encontro. Estamos à espera do instante em que os olhares, após volteios, vão se transformar em cumprimento, um meneio de cabeça, um aperto de mãos, afago de palmas e dedos que acontecerá em câmera lenta: a mão dele aberta, estendida, navegando no ar, a dela se aproximando, como se emergisse de um mergulho, livre da âncora do corpo.

Possibilidades **39**

Se os olhares se multiplicaram e o moreno e a morena se tornaram vários morenos e morenas, imaginamos que daqui a pouco, quando ocorrer o primeiro toque, eles vão se unificar. O desdobramento dos corpos será revertido. Tudo vai tender a ser um. Não haverá mais morenos e morenas, sequer um moreno e uma morena, mas sua fusão. Aqui estamos para testemunhar esse evento. Vislumbrar o que pode acontecer a partir desse instante de concentração total. Contemplar as possibilidades do encontro de morena e moreno.

O primeiro toque 40

Ele saiu do quarto. Ela entrou no sobrado e começou a subir a escada. Eles se veem. Diminuem a velocidade dos passos, como se os degraus, de repente, tivessem ficado enormes. O moreno inclina levemente a cabeça em direção à morena. Ela também lhe acena. Atingem o mesmo degrau. Ela para. Ele para. Os olhos não se desviam. O moreno estende a mão, sorrindo. A morena sorri e lança a mão rumo à do moreno. As mãos se tocam. Completam a linha diagonal que liga os corpos. É um momento de síntese. Nas mãos unidas, vemos muitos outros apertos de mãos, em cenas que ocorrem em diferentes tempos e circunstâncias.

Mãos: rumos 41

100

Vemos que o aperto de mãos continua quando a morena, em seu quarto, aspira na própria palma o cheiro que ficou da pele dele. Vemos também que ao sair do sobrado o moreno olha a mão vazia como se os dedos dela ainda estivessem ali. Porém, vemos ao mesmo tempo algo bem distinto: o aperto de mãos apenas se repete dia após dia na escada do sobrado, sem que aconteça aproximação maior. O moreno e a morena se desinteressam um do outro, os sorrisos mínguam, o contato se torna menos caloroso. Mas a cena oposta também surge: eles estão deitados na cama dele, as mãos da morena se deixam aventurar além das mãos do moreno, sobem pelos braços, contornam os ombros, descem pelos relevos do peito, infiltram-se sob a camisa, riscam círculos em torno do umbigo. No entanto, simultaneamente vemos um aperto de mãos tão forte que não se expande a outras partes do corpo, apenas reafirma uma grande amizade. Como se a cumplicidade preferisse que o desejo de cada um trilhe caminhos que não cruzam o corpo do outro.

Mãos: desvios 42

Vemos no quarto da morena que as mãos dos dois estão unidas. Deslizam até a planta do pé da morena, apertam os dedos, apalpam o tornozelo, exploram o arco do joelho, dão voltas na coxa, se demoram na virilha. Entretanto, para nossa perplexidade vemos também um cumprimento de mãos relutantes, constrangidas, após a briga em que a mão do moreno se levantou para bater no rosto da morena e ficou parada no ar, diante do susto de ambos. Então uma nova cena se impõe: o moreno e a morena atando-se as mãos no altar da igreja, enquanto se beijam ao final da cerimônia. Porém, outra surpresa: vemos que depois de algum tempo de namoro os corpos não mais estremecem quando as palmas se juntam, que o toque flácido é uma despedida, o último contato daquelas mãos. Ao mesmo tempo vemos a imagem contrária: ele e ela estão deitados no tapete, as mãos se agarram e se soltam, norteiam os corpos que querem ultrapassar os limites do prazer.

Mãos: limites 43

Percebemos no reencontro do moreno e da morena que as mãos estranham a aspereza da pele envelhecida. Após décadas sem se verem, tentam imaginar como suas vidas teriam sido se tivessem ficado juntos. Todavia não podemos deixar de ver a cena terna em que a mão do moreno, sobre a mão da morena, acaricia a barriga nua de um bebê. Mas também não podemos recusar o reverso terrível da visão anterior: as mãos do moreno se agarrando às mãos inertes da morena, caídas sobre o sangue das facadas que ele lhe desferiu num acesso de ciúme. Contudo, na cena seguinte, constatamos que é burocrático o jeito como se dão as mãos, apenas porque estão em público, pois há muito eles sentem que não se tocam de verdade. Em outra cena observamos, admirados, o quanto é forte o entrelaçar das mãos quando passam a noite juntos uma única vez por ano. Ficam em silêncio, sem nenhuma pergunta sobre suas vidas, nenhuma expectativa além de desfrutar um pouco mais daquele abraço.

Mãos: horizontes 44

Vemos que durante o funeral a morena afaga os dedos do moreno cruzados sobre o peito. É como se para ela a vida inteira se resumisse no diálogo tátil que ocorre ali. Como se as mãos deles nunca tivessem se separado. Em outra cena de desalento vemos as lágrimas que escorrem nas mãos com que a morena cobre o rosto. O moreno tenta acariciá-la, pedindo perdão repetidas vezes. Ele não sabe o que dizer naquela situação embaraçosa, em que foi flagrado com outra mulher. Mas sente que está pedindo perdão a si próprio, porque entendeu que entre os dois as coisas jamais serão as mesmas. Em mais uma imagem surpreendente, vemos o moreno e a morena se dando as mãos num cumprimento casual. Têm a sensação remota de que já se viram em algum lugar, a vaga impressão de que talvez já tenha havido, em certa dobra do passado, um aperto de mãos como aquele.

Instante pleno 45

Um aperto de mãos é, em potencial, vários apertos de mãos. Nesse primeiro encontro estão condensados os caminhos que o encontro pode tomar. Por se tratar de momento tão especial, mantemos a cena congelada. Paralisamos as ações e o tempo. Morena e moreno ficam de mãos dadas na escada do sobrado ao amanhecer. Esse contato primordial nos fascina. Eis o instante pleno, em que os instantes seguintes estão guardados, todas as possibilidades presentes, em iguais condições de se concretizar. É claro que algumas alternativas enternecem e outras assustam. Há cenas boas de testemunhar e outras que causam sofrimento, pavor. Mas, como amamos o moreno e a morena, acreditamos que as veredas infelizes são improváveis, sombras que não ganharão substância.

Nobreza 46

Concebemos a morena e o moreno como seres inegavelmente bons. Precisamos que sejam assim. Precisamos que a delicadeza dela seja constante, que a inocência dele não se perca. Necessitamos que a qualidade de sentimentos que lhes atribuímos não se degrade jamais. Que eles sempre façam parte de uma estirpe de seres raros: ternos e amáveis. Que sejam vastos e sutis, informais e grandiosos, serenos e vibrantes. Que sua nobreza seja a da mais autêntica generosidade, como a da luz que no amanhecer se anuncia de modo suave, só lentamente revelando seu vigor. Precisamos que sejam assim para que sejamos assim.

Lado a lado

No começo imóvel da manhã o gesto que une moreno e morena está congelado. Deixá-los assim é uma forma de não definir o que vai acontecer, de não escolher como os eventos vão se desenrolar. Todas as versões da história ficam intactas. Se a manhã é adiada indefinidamente, todas as possibilidades do dia são mantidas. Porém, sem o movimento do moreno e da morena, nossos movimentos é que ficam em destaque. É como se passássemos à posição de personagens. Entramos na história.

Próximos **48**

O moreno e a morena estão logo ali. Aproveitamos a oportunidade e nos aproximamos da cena. Eles não podem se mover sem nosso consentimento. Então, subimos com toda a calma os degraus que nos separam. Agora eles estão bem ao nosso lado. Chegamos o rosto junto ao pescoço do moreno. Sentimos o perfume do sabonete que ele usou. Movemo-nos em direção ao rosto da morena e sentimos o cheiro de fumaça em seu cabelo. Estamos muito próximos. E a proximidade é tentadora. Com as mãos podemos seguir as linhas que vão dos ombros até as pernas da morena. Vamos nos abaixando, quase roçando a pele dela, como se esculpíssemos as curvas que ligam a cintura às coxas, aos joelhos, aos pés.

Diamantes 49

Estamos quase agachados. Olhando para cima, vemos duas esculturas vivas, blocos de beleza, pulsação, matéria sensível. Aos poucos nos levantamos. Nossas mãos modelam no ar as pernas do moreno, compõem a haste que vai dos calcanhares aos quadris e ao tronco. Subimos mais um degrau e ficamos atrás deles. O ângulo levemente superior valoriza o desenho dos perfis, a configuração das costas, a elegância dos braços na diagonal, com as mãos acasaladas, e dos braços que repousam junto às pernas. A musculatura de ambos é robusta. Eles são diamantes de lapidação perfeita, com o poder ímpar de despertar várias formas do nosso desejo.

Agora nos detemos no contorno que as calças justas realçam: ao mesmo tempo imaginamos e vemos as nádegas da morena e do moreno. Um rompante de volúpia nos faz jogar os braços em volta dela. Mas o abraço se detém quando sentimos o calor de seu corpo. Nossos lábios ficam quase colados ao lóbulo de sua orelha. Uma distância minúscula não nos deixa achar que a beijamos.

Abraçar o moreno 51

Suspiramos. Afastamos a boca e os braços. Recuamos um pouco. Olhamos a nuca do moreno. A penugem que se imiscui sob sua camisa desperta em nós o impulso de enlaçar. Nossos braços se projetam para apertar as costas do moreno junto a nosso peito. Mas de novo a sensação de calor é tão forte que o abraço estanca. O quase-abraço também é quase-beijo: nossos lábios estão praticamente colados na nuca do moreno.

Passeio das mãos **52**

A boca e os braços se esquivam mais uma vez. Suspiramos. Descemos dois degraus e os observamos de frente. Nossas mãos voltam a passear como em uma varredura: a direita sobre a morena, a esquerda sobre o moreno. Primeiro as erguemos até as faces. Nossos dedos roçam a linha do nariz, a silhueta dos lábios, a volta do queixo, a sombra da barba, a saliência das maçãs, o circuito da orelha, a testa, as têmporas, o rendilhado dos cílios, o traço das sobrancelhas, a moldura dos cabelos. Em seguida descem ao peito, passam rente aos mamilos anunciados sob o tecido. Abaixamos as mãos até os ventres, à altura dos umbigos. O que aconteceria se girássemos devagar os dedos em volta desses dois pontos?

Arquitetura dos corpos 53

Descemos mais, à procura de outros dois pontos especiais. Na verdade não são pontos, mas campos, searas, territórios. Colocamos a mão direita em frente ao sexo da morena, a esquerda em frente ao sexo do moreno. Ficamos assim por um longo tempo, buscando captar algo, talvez a fonte do poder de atração. Logo percebemos que a fonte não está em um lugar, mas na arquitetura dos corpos. Logo entendemos que a arquitetura não se sustenta sozinha, e sim tem por fundação a qualidade do ser. A anatomia do moreno e da morena depende do jeito como se dispõem no mundo. Interpretar esse jeito é a finalidade de nossa busca. Nos corpos procuramos a chave que explique por que, para além dos corpos, a morena e o moreno atiçam nosso desejo.

A chave **54**

Com os braços abertos, as mãos espalmadas sobre os quadris do moreno e da morena, como radares de energia vital, reparamos que bem diante de nós, de nosso peito, à altura do coração, está o que buscamos. A chave é o encontro das mãos. Sentimos que é para ali que o ser do moreno e o ser da morena convergem. As mãos dadas sintetizam e ultrapassam seus corpos, atendem e provocam suas vontades. São realidade e o que a transpõe. Observamos as mãos unidas: elas imantam as nossas. À nossa revelia, nossas mãos começam a se aproximar, como se fossem sugadas pelo poder do contato das mãos do moreno e da morena. Não há sinais de que elas pretendem se deter. A atração aumenta. Estamos no limiar do toque, sem conseguir esboçar resistência. Nossas mãos enfim se juntam às deles. A força do gesto é tão brutal que parece anunciar uma revelação.

Vitalidades

Fusão 55

Tocamos a morena e o moreno. Sentimos os músculos, os ossos, o calor da pele, as veias salientes, as unhas, o pulso sanguíneo. Embora paralisados, estão vivos. Vivíssimos. Sentimos seus batimentos cardíacos. Têm o mesmo ritmo do sangue que circula em nós. Nossas mãos formam uma única esfera, um núcleo em que dedos, palmas, dorsos, punhos não se separam. Estamos fundidos na morena e no moreno.

Somos **56**

Agora somos o moreno. Sentimos o frescor do banho, a cabeça enevoada da farra, o ânimo de ir para a rua, o deslumbramento com a morena. Estamos arrebatados pela sensação de ausência de compromisso. Estamos disponíveis e confiantes. É a sensação que havíamos chamado de *inocência* antes de nos tornarmos o moreno. Agora somos a morena. Sentimos o sono, o cansaço do seu corpo, a vontade de chegar ao quarto e desabar na cama, o fascínio pelo moreno. Nossos sentidos estão abertos, mas de um jeito singular. Filtram o que há de sutil nos estímulos à nossa volta, procuram o equilíbrio escondido sob os acontecimentos. É o jeito de sentir que havíamos chamado de *delicadeza* antes de nos tornarmos a morena.

Retendo a manhã 57

Somos a morena que olha o moreno e pega sua mão. Somos o moreno que toca a morena e mira seus olhos. Sentimos a surpresa, o calafrio, o encanto, o prazer do encontro. Experimentamos o que os corpos dos dois experimentam: as paisagens em seus olhos, o chão em seus pés, o ar que respiram. Encontramos a chave? Acreditamos que sim. Descobrimos muitas coisas sobre o moreno e a morena, muito mais do que se tivéssemos procurado de qualquer outra forma. Contudo, no estado em que ficamos, hipnotizados pela novidade, demoramos a fazer uma descoberta elementar. Entendemos perplexos que, se nos tornamos a morena e o moreno, estamos imobilizados neste lance de escada, retendo a manhã. Mãos dadas, mas nenhum outro gesto. Vivos, mas sem que a vida possa se manifestar.

Perguntas 58

Se estamos fundidos no moreno e na morena, eles estão fundidos em nós? Se nos tornamos a morena e o moreno, eles se transformaram em nós? Se não, no que se transformaram? Que lugar passaram a ocupar se ocupamos seus corpos? Se somos o moreno e a morena, cristalizados no vão do sobrado, quem nos observa? Quem descreve nossos corpos decantados no amanhecer imóvel? Quem nos mantém com a vitalidade intacta, mas inertes?

Uma chance 59

Nossa vitalidade é feita de incertezas. As questões se desdobram com enorme rapidez: se contradizem, se confundem. Ansiosamente tentamos ordená-las. No manejo das dúvidas buscamos vislumbrar uma chance de compreendê-las. Observando como proliferam, cultivamos a esperança de que alguma resposta se esboce. Tentamos recuperar nosso movimento por meio de indagações e mais indagações.

Sedução **60**

Respostas se esboçam. Corpos deliciosos, presenças irresistíveis nos atraíram. Sem que nos déssemos conta, fomos seduzidos pelo moreno e pela morena. Ardilosamente fizeram com que nos aproximássemos, entrássemos em sua história. Conseguiram que transpuséssemos o plano que nos separa. Ocuparam nosso lugar. Agora são eles que nos observam. São eles que olham para o sobrado e nos veem de mãos dadas. É claro que podem manter indefinidamente a nova situação. Basta que conservem a engrenagem do tempo parada. Basta que a manhã não se mova, que seja só uma embalagem da qual o recheio somos nós. Eles são literalmente cativantes. Com artimanhas – inocentes? delicadas? – nos fizeram trocar de papel. Quando nos fundimos, compreendemos o que é ser o moreno e a morena. Mas eles descobriram o que é ser quem narra a história.

Espera

Por aí 61

Aqui estamos nós, presos nesta cena. Enquanto ficamos neste sobrado, nesta manhã interrompida, a morena e o moreno devem estar se deslocando livremente por aí. Devem ter logo aprendido a usar nossas ferramentas. E a brincar com elas. É provável que tenham subido no tapete voador, e com o *enquanto isso* estejam atravessando distâncias astronômicas, se fartando de vastidão, visitando todos os lugares que conseguem imaginar. Devem estar passeando por aí, fazendo o *aí* se multiplicar, deleitando-se com a aventura da mobilidade sem limites.

Que fazer? 62

O que é que faremos agora, neste agora que não passa, que está fora do tempo? É possível fazer alguma coisa dentro de corpos que não se mexem? O que descrever deste local que é sempre o mesmo? Como falar de um amanhecer que não vira dia? Dá para contar uma história que não transcorre? Como lidar com a situação, se não sabemos o que aconteceu com a morena e o moreno? Se éramos o narrador e agora somos personagens, ainda há uma história? Indagar é o que nos resta. Além de esperar. Esperar que fora de nós haja movimento. Esperar que o moreno e a morena retornem. E torcer para que desejem voltar aos corpos que foram deles.

Certeza **63**

Queremos acreditar que as especulações não são inúteis. Elas soam razoáveis por um motivo simples: conhecemos bem o moreno e a morena. Sabemos que gostam de ser o que são, e que adoram seus corpos. Não faz sentido que a autonomia mude seu jeito de ser. Não, não aceitamos que tenham perdido a inocência e a delicadeza. Recusamos o argumento de que a esperteza com que se apropriaram de nossa independência demonstra que são oportunistas, desonestos, o contrário do que sempre defendemos. Apostamos que tudo não passou de um arroubo de curiosidade, irreverência juvenil. Temos certeza de que eles, sabendo quanto os amamos, não deixarão de provar que também nos amam.

Vagar **64**

Sem a medida do tempo, vagamos em conjecturas. E mantemos a confiança no moreno e na morena.

A espera 65

Esperamos por eles.

Livres

Presença 66

Sentimos um alento, um deslocamento de ar. É como se uma brisa, penetrando pelo telhado, chegasse até nós. Insignificante em outro contexto, a ocorrência possui agora grande importância. Interrompemos o fluxo de pensamentos e interrogações. Direcionamos toda atenção a nossos corpos. Sim, algo se move sobre a escada. Não enxergamos nada, pois nossos olhos estão congelados, não geram imagens. Entretanto sentimos as vibrações ao redor. São fracas, mas a intensidade vai aumentando, como se algo se aproximasse. Concentramos ainda mais a percepção nas terminações nervosas da pele. Não há dúvida de que estamos sendo observados de perto. Não conseguimos tornar a sensação mais precisa. Ela é difusa, parece indicar uma presença que presumimos estar a nosso lado, apesar de não identificarmos onde, nem do que se trata. Age como se quisesse se incorporar a nós. As vibrações, que antes circundavam nosso corpo todo, passam a ocorrer em uma única área. Pressentimos que algo se prepara para tocar nossas mãos.

Surpresa **67**

O toque produz uma abrupta mudança de estado. Subitamente não estamos mais nos corpos do moreno e da morena. Fomos libertados. Agora novamente os vemos de mãos dadas na escada do sobrado. Atordoados com a transformação, temos outra surpresa: eles não estão parados. As mãos se soltam, os braços balançam, os rostos se inclinam, há um meneio das cabeças, os sorrisos se fecham e se abrem, os troncos se retraem, em seguida avançam, quase gingando. Constatamos que não somos capazes de manter a morena e o moreno quietos. Não temos controle sobre o que se passa em sua história. Não mais somos nós que narramos.

No comando 68

O moreno e a morena deixaram de ser nossos. Voltaram a seus corpos, confirmando o que havíamos previsto. Por isso estamos gratos. Sabíamos que não desmereceriam nossa confiança. Contudo, eles não são mais como eram. Depois de experimentar imagens com nossos olhos, viajar no tapete mágico, manejar nossos instrumentos de contar histórias, não vão renunciar ao que aprenderam. Não vão abrir mão da independência de que se regalaram. Retomar seus corpos era fundamental, mas não bastava. Agora, os dois estão no comando dos movimentos.

Autonomia 69

Ouvimos as vozes do moreno e da morena ecoando entre sorrisos. Podemos apenas acompanhar o que fazem, sem direito de interferir. Habilmente nos atraíram aos corpos que havíamos congelado. Usando o poder de sedução, conseguiram se soltar, na justa medida em que nos prenderam. Mas eles retornaram. Libertaram a nós e aos corpos que são deles. A volta teve gosto de vitória, pois conquistaram a autonomia que nunca havíamos pensado em lhes conceder. O moreno e a morena se emanciparam de nós. Agora querem viver. E não é possível viver plenamente enquanto a vida depende de que alguém a converta em história.

Tentação 70

Como se nos fosse dado, à maneira de último mimo, um tempo para a despedida, ouvimos as palavras que a morena e o moreno trocam. Vemos que eles se afastam. Ele desce os últimos degraus da escada, ela sobe até o segundo andar. Gostaríamos muito de testemunhar o que vai acontecer, de continuar narrando as cenas que eles viverão. Ficamos tentados a não obedecer à sua vontade. Adoraríamos penetrar indiscretamente no quarto da morena, saber o que ela vai fazer logo que fechar a porta. Abrir a janela para ver o moreno na rua? Jogar-se na cama? Despir-se devagar? Com satisfação seguiríamos o moreno pela cidade, vigiando seus movimentos, entrando com ele nos lugares, saindo quando saísse, olhando as coisas que ele olhasse, percebendo o que percebesse. Teríamos prazer em mergulhar no sono da morena, revelar seus sonhos, e em partilhar o dia do moreno, com todas as suas descobertas.

Nós **71**

Mais do que nunca sentimos o quanto os amamos, o quanto ficaríamos felizes em estar sempre junto a eles. Seríamos tutores empenhados: velaríamos o sono da morena, protegeríamos o moreno dos perigos da cidade. Tomaríamos aos nossos cuidados esses dois brasileiros a quem nos afeiçoamos tanto. A ideia de abandoná-los neste país imenso nos aflige. Mas não vamos insistir. Para que possam viver, precisamos parar de acompanhá-los. Além disso, quem somos nós para tutelá-los? Nós, que tão facilmente nos deixamos seduzir. Que talvez sejamos demasiado ingênuos. Nós, apenas brasileiros que nem sabem de si, que nem dão conta de cuidar direito de suas vidas.

Desapego

Momento **72**

O moreno abre a porta do sobrado. A morena chega ao segundo andar. Ele para, olha para dentro. Ela para, apoia-se no corrimão, olha para baixo. Sentimos que chega o momento de despedida. Chega a hora de nossa história terminar. A história de um encontro deve ser também a história de como o encontro acaba. Devemos nos desapegar da morena e do moreno. Deixar que prossigam por si. Apenas podemos desejar que sua história conte algo sobre nós, que não estaremos presentes. Que fale por nós, já que nossa fala terá cessado. Há sempre um momento em que temos de nos afastar de quem amamos. Há sempre um momento em que a história ultrapassa quem a conta. Quando vemos o moreno e a morena se olhando uma vez mais, ela hesitando em entrar no quarto, ele em sair do sobrado, temos a confirmação de que, para nós, o momento chegou.

Prisma **73**

O moreno e a morena sorriem. Talvez seja só efeito da emoção da despedida, mas temos a nítida impressão de que os sorrisos são a fonte da manhã, com as mesmas qualidades de luz, ritmo, calor, enlevo, imaginação. Os sorrisos são um prisma que a felicidade atravessa, por onde o desejo se verte em alternativas de vida. A felicidade é o fluxo, de início e fim difíceis de demarcar, em que os sonhos se realizam e se tornam outros sonhos, promessas se cumprem e se abrem a novas promessas. Semelhante à manhã, é impossível saber em que instante começa um sorriso. Quando começa, é como se já tivesse começado há muito. E é como se começasse de novo a cada instante.

Vista do alto 74

Enquanto a morena entra, fecha a porta do quarto, enquanto o moreno sai, ganha a rua, erguemos os olhos e saímos do sobrado. Vemos do alto o telhado, os sobrados vizinhos, o lote vago da esquina, os quintais, a rua que aos poucos vai revelando personagens: o galo que canta, o padre atrasado para a missa, a carrocinha do leite, o bêbado caído no meio-fio, o cão em frente ao açougue, as normalistas rumo ao ponto do bonde, o papagaio falando palavrões na porta do botequim, a mercearia se abrindo, bandos de pássaros voando das árvores. Poderíamos ver mais. Muito mais. Bastaria transpor as distâncias com o *enquanto isso*. Bastaria subir no tapete e começar a viagem.

Manhã do Brasil **75**

Preferimos ficar aqui. Aqui, bem em cima do sobrado onde moram a morena e o moreno. Enrolamos o tapete. Queremos ficar aqui um pouco mais, como se ainda os víssemos sorrindo. Como se os sorrisos contivessem todos os espaços. Desejamos acreditar que na despedida não foi só para ele que ela sorriu, não foi só para ela que ele sorriu. Sorriram para nós. Pensar assim é se deixar levar pelo coração. Pensar desse jeito, com o coração batendo forte, nos faz sorrir também. Sobre o telhado, o sobrado, a rua, o bairro, a cidade, o país, irradiamos felicidade. Daqui do alto um estado de graça, efêmero mas vital, se espalha. Através do nosso coração se difunde a manhã do Brasil.

Arquivo pessoal

Luis Alberto Brandão é autor dos livros de ficção *Chuva de letras* (Scipione, 2008; Prêmio Nacional de Literatura João-de-Barro 2007; Finalista do Prêmio Jabuti 2009), *Tablados: livro de livros* (7Letras, 2004) e *Saber de pedra: o livro das estátuas* (Autêntica, 1999; Bolsa Vitae de Artes 1997). Publicou os ensaios literários *Grafias da identidade* (Lamparina, 2005; Finalista do Prêmio Jabuti 2006), *Rituais do discurso crítico* (Memorial da América Latina, 2005) e *Um olho de vidro: a narrativa de Sérgio Sant'Anna* (Fale/UFMG, 2000; Prêmio Nacional de Literatura Cidade de Belo Horizonte 1995). É coautor do livro de teoria da literatura *Sujeito, tempo e espaço ficcionais* (Martins Fontes, 2001). Atua como pesquisador do CNPq e professor da Faculdade de Letras da UFMG.

Gerente editorial Sâmia Rios
Editor Adilson Miguel
Editora assistente Fabiana Mioto
Revisoras Gislene de Oliveira e Erika Ramires
Editora de arte Marisa Iniesta Martin
Capa e projeto gráfico Marisa Iniesta Martin

editora scipione

Av. Otaviano Alves de Lima, 4 400
6.º andar e andar intermediário Ala B
Freguesia do Ó
CEP 02909-900 – São Paulo – SP
DIVULGAÇÃO Tel.: 0800-161700
CAIXA POSTAL 007
VENDAS Tel.: (0xx11) 3990-1788
www.scipione.com.br
e-mail: scipione@scipione.com.br

2012

ISBN 978-85-262-7852-3 – AL
ISBN 978-85-262-7853-0 – PR

CL: 737178

1.ª EDIÇÃO
4.ª impressão

Impressão e acabamento
EGB - Editora Gráfica Bernardi Ltda.

Dados Internacionais de Catalogação na Publicação (CIP)
(Câmara Brasileira do Livro, SP, Brasil)

Brandão, Luis Alberto
   Manhã do Brasil / Luis Alberto Brandão. –
São Paulo: Scipione, 2010. (Escrita contemporânea)

   1. Romance brasileiro I. Título. II. Série.

10-05442   CDD 869.93

Índice para catálogo sistemático:
1. Romances: Literatura brasileira 869.93

Conforme a nova ortografia da língua portuguesa.

Luis Alberto Brandão · Manhã do Brasil

Este livro foi composto em ITC Legacy Sans e
impresso em papel Paperfect 104g/m^2
em 2010.